3 4028 09259 0299
HARRIS COUNTY PUBLIC LIBRARY

JPIC Sp Elschn
Elsch
Mona
W9-ALN-883
$22.99
ocn949870154
Primera edicion.

¿Robar La Gioconda?
¡Eso es tan imposible como robar
las torres de Notre-Dame de París!

(una personalidad de la IIIª República francesa en 1910)

Para él, Mona Lisa;
¡para mí, Rosalie!

R. B.

Un álbum de la colección

La Puerta del Arte

Título original: Mona Lisa

Traducción de Pau Joan Hernández

Primera edición, 2016
978-84-261-4349-5
DL B 29969-2015
Núm. de edición de E. J.: 13.225

Printed in Spain
Talleres Gráficos Soler, Esplugues de Llobregat (Barcelona)

Editorial EJ Juventud
Provença, 101 – 08029 Barcelona

Domingo, 20 de agosto de 1911...

Aquel domingo había amanecido gris, tan gris como los tejados de París. Desde la ventana de su pequeña habitación, Ángelo observaba aquel cielo plomizo. No podía ir a saludar a las jirafas del zoo: la tormenta iba a estallar de un momento a otro.

«¿Y si voy a echar un vistazo al museo?», se dijo.

Al día siguiente, tenía que ir a cambiar un cristal roto en una sala presidida por el retrato de una joven muy bonita, e italiana como él. Aprovecharía la visita para dejar allí parte del material y tomar algunas medidas, mientras contemplaba a la bella desconocida...

Así pues, se puso en camino, con los cristales bajo el brazo.

Las primeras gotas repiqueteaban ya sobre las calles cuando Ángelo llegó a los muelles del Sena. ¡Uf! Entró en el patio de la Esfinge, subió por la escalera de servicio y dejó los cristales en una pequeña habitación que servía de trastero.

Llevaba mucho tiempo trabajando allí, y el vidriero conocía el museo como la palma de su mano. Pocos minutos después, entraba en el Salón Cuadrado con la cinta métrica en la mano y un lápiz detrás de la oreja.

Ángelo la reconoció
nada más entrar.
Mona Lisa...
Pequeñita, sí, pero...
ah... *molto bella!*
¡Y tan viva!
Parecía que respirase
tranquilamente.
Ángelo se detuvo, fascinado.

Aquella mirada de terciopelo,
aquella sonrisa misteriosa...
Pero ¿era posible?
Parecía que le estaba mirando
a él, directamente a los ojos.
Era a él a quien sonreía tan tiernamente...
Ángelo se sonrojó, y el lápiz se le cayó
al suelo de parqué.

Mientras se agachaba
a recogerlo, se volvió.
Ella seguía mirándole.
Pasó ante ella varias veces,
haciendo ver que medía
un cuadro aquí, otro allí...
Su sonrisa le hacía cosquillas en la nuca.

No había duda: aquella bonita florentina
le encontraba atractivo. El corazón de Ángelo
empezó a latir alocadamente.

–Mona... *amore mio!*

–murmuró, con el bigote tembloroso.
Un relámpago desgarró el cielo,
y fue como si el rayo le hubiese
tocado el corazón.

Cuando el vigilante anunció que era hora de cerrar,
Ángelo se escondió en el trastero para esperar que cayese la noche.
¿Qué pasó cuando fue a encontrarse con ella a la luz de la luna?

¿Le pidió ella que se la llevase, o fue él quien le pidió
que le siguiese?
Misterio...
Solo una cosa es segura: ella le miró a los ojos cuando él,
loco de amor, la sacó del marco.
Y sonrió feliz cuando se la llevó, abrazada contra su pecho,
bajo la suave luz del alba.

La noticia causó un gran revuelo. «¡Han robado *La Gioconda*! ¡Han robado *La Gioconda*!».
¡Qué escándalo! Todo París estaba patas arriba.
Todos se acusaban los unos a los otros: pintores o poetas, todos fueron sospechosos.
Pero todo fue en vano. No había ni rastro de Mona Lisa.
¡La hermosa florentina había sido raptada! ¡Volatilizada! *Sfumata!*

En la pared de la sala, solo habían quedado cuatro pequeños clavos, que todo el mundo contemplaba con desesperación. A pocos pasos de allí, los invitados de *La bodas de Canaán* lo habían visto todo, pero ninguno de ellos traicionó el dulce secreto del que había sido testigo.

Mientras tanto, Mona dominaba, desde la mesa, la pequeña habitación.
De la mañana a la noche, miraba a su enamorado... y le sonreía.
Y de la noche a la mañana, le observaba dulcemente... y le sonreía.
Ángelo se sentía feliz, e incluso soñaba con un *bambino* con aquellos tiernos ojos.

Pero con el tiempo acabó por desilusionarse.
–*Mamma mia,* Mona, ¡para de mirarme de esa forma!
Yo te quiero, tú me quieres, pero de todos modos...

Aquella sonrisa angelical, aquella mirada clavada en él, sin descanso, mientras comía, trabajaba, dormía, roncaba... ¡Ah!

–Pietà!... Ti supplico!,
rogaba Ángelo, que empezó a comer debajo
de la mesa, a dormir debajo de la cama y
a esconderse tras las cortinas.
Pero, *Giusto cielo!,*
aquellos ojos que le seguían,
que le perseguían, que le
acosaban, eran peores
que unos barrotes.
A lo largo de dos
años, soportó
como pudo aquella
cárcel de amor.
Pero un día,
ya no pudo más:
–Finito!
¡Déjame tranquilo!
¡Te voy a llevar a casa
de tu madre!

Porque Ángelo había
reconocido el paisaje que se
veía detrás de ella. Aquella
carretera zigzagueante, el puente
sobre el río..., era la misma
campagna de Italia donde
se había criado él.

Desesperado, envolvió la *bella* en una tela de terciopelo rojo, la puso en el fondo de su baúl de viaje, la escondió bajo una montaña de calcetines y de zapatos viejos, y *basta!*

Cruzaron la frontera de incógnito, bordearon lagos profundos, atravesaron el puente que cruza el río y llegaron por fin a Florencia bajo un sol de justicia.

A. BICCHIERA
BERGO
TRIPOLI ITALIA

Pero, una vez allí, no hubo
manera de encontrar a la *mamma*
de Mona, y tampoco a su padre. Leonardo,
le dijeron los vecinos, había muerto hacía
mucho tiempo. Entonces, Ángelo dejó a Mona
en brazos de un tal Alfredo. ¡Uf! Se la había
quitado de encima. Por fin, *libero!*

Alfredo, que era coleccionista de retratos, recogió
a la bella dama y la paseó por toda Italia. Pocos meses
después, no se sabe por qué, acabo por devolverla...

¡MONA HA VUELTO!
¡MONA HA VUELTO!
MONA EN PARIS
La Bella en Paris
¡POR FIN!
La Gioconda en el Louvre
«LOCO DE AMOR»
Angelo se confiesa
AMO!

... a París.

¡Qué revuelo!
La ciudad estaba enloquecida.
Mona regresó a su lugar en la pared.
¿Y Ángelo? A su prisión.
Pero, esta vez, a una de verdad.
Aunque por poco tiempo.
Por suerte...

La Gioconda o *Retrato de Mona Lisa*

Leonardo da Vinci

Cuadro pintado
entre 1503 y 1506,
óleo sobre madera (álamo),
77 x 53 cm,
Museo del Louvre, París.

Leonardo da Vinci

¿Quién fue Leonardo da Vinci, el autor de *La Gioconda*?

Leonardo da Vinci nació en 1492 en Vinci, cerca de Florencia, y murió en 1519 en Francia, en Amboise. Empezó como aprendiz de un pintor, y pronto empezó a practicar otras artes: fue escultor, arquitecto, ingeniero (máquinas voladoras y máquinas de guerra). Se interesó también por el cuerpo humano, la astronomía, las plantas..., por todo el universo, desde lo infinitamente grande hasta lo infinitamente pequeño. Algunos aristócratas italianos se hicieron con los servicios de aquel genio, hasta que el rey de Francia, Francisco I, lo invitó a su Corte. Leonardo da Vinci pintó *La Gioconda* sobre una tabla de madera de álamo entre 1502 y 1506, pero fue retocando el cuadro a lo largo de toda su vida. Como le gustaba mucho, lo conservó siempre... ¡y la carcoma casi se lo comió!

¿Quién fue la Mona Lisa?

Podría tratarse de Lisa Gherardini, esposa de un gentilhombre florentino, Francesco del Giocondo, que habría encargado su retrato. De ahí el nombre de *La Gioconda* y también el de Mona (o Monna) Lisa, es decir, señora Lisa. Pero el misterio continúa, y hay diferentes teorías... Como Giocondo, en italiano, significa «agradable, encantador y feliz», *La Gioconda* (podría encarnar el ideal de felicidad para Leonardo.

¿Por qué el cuadro parece tan misterioso?

El rostro de Mona Lisa muestra una expresión diferente si miramos su ojo derecho o su ojo izquierdo. ¿Está triste? ¿Pensativa? ¿Feliz? ¡A cada cual su interpretación! El cuadro sigue siendo un enigma. El pintor ideó para él una nueva técnica que le da un aspecto vaporoso: estamos entre el sueño y la realidad, entre la sombra y la luz, con unos tonos que van del gris al ocre. Mediante capas de pintura superpuestas, los contornos de los elementos se desdibujan, como si hubiese humo. Es la técnica del *sfumato* (de *fumo*, «humo» en italiano). Las comisuras de los labios y de los ojos se funden así en la sombra. La sonrisa de Mona Lisa se vuelve indescifrable.